Impressum:
© 2015 by Leo Sucharewicz

Bild Titelseite: © Prapa Pasada
Illustrationen: Fredi Brodmann (S. 9, 13, 15, 21, 25);
Othmar Karschulin (S. 28, 39, 50); Günther Butz (S. 11)
Satz u. Umschlagfertigstellung:
Angelika Fleckenstein; spotsrock.de

Verlag: tradition GmbH, Hamburg
Printed in Germany

ISBN: **978-3-7323-4308-9 (Paperback)**
978-3-7323-4309-6 (Hardcover)
978-3-7323-4310-2 (e-Book)

Bibliografische Information der Deutschen
Nationalbibliothek:
Die Deutsche Nationalbibliothek verzeichnet diese Publikation
in der Deutschen Nationalbibliografie; detaillierte
bibliografische Daten sind im Internet über http://dnb.d-nb.de
abrufbar.

Leo Sucharewicz

Was mir beim Überflug so einfällt.

Aphorismen

Comlablit

Vorwort des Autors

Noch immer unerreicht ist der polnisch-jüdische Großmeisters der Aphorismen Stanislaw Jerzy Lec.

Meine Ambition war es nicht, seinen philosophisch dimensionierten „Unfrisierten Gedanken" hinterher zu texten. Der Alltag in seiner oft absurden Profanität bietet in jeder Ecke ausreichend lohnende Ziele für Aphorismen.

Man könnte sie also Zeitgeist-Aphorismen nennen, wobei aber nach „geist" ein humorloses Fragezeichen in Klammern stehen müsste.

Manche Situationen, Personen und Trends brüllen einfach nach einer aphoristischen Persiflage, zumindest aber nach Entlarvung.

München, im Oktober 2015
Leo Sucharewicz

Inhalt

Life

Wer am Rande der Gesellschaft steht, sieht ihre hässliche Mitte nicht. Wer im Zentrum steht, begreift nichts von der Schönheit des Horizonts.

Eloquenz amüsiert auf jedem Terrain, Schlagfertigkeit ist Blitzkrieg auf dem Parkett. Zynismus auch, aber ohne Gefangene.

Geld kann man verdienen, Freunde nur gewinnen.

Eltern zu ändern ist sinnlos. Widmet euch lieber den Kindern.

Was einmal auf wirklich fruchtbaren Boden fällt, hat kaum noch die Chance, anderswo zu blühen.

Wenige Wörter eignen sich gut zum Schminken, keines zum dauerhaften Maskieren.

Auch Tausendfüßler leisten sich keine Achillesferse. Wir sollten umso vorsichtiger sein.

Dass man viel gesehen hat merkt man, wenn einem zu jedem Thema ein guter Film einfällt.

Papier soll geduldig sein? Dann seht mal ins Internet!

Realisten wissen lediglich, was sie sind, Träumer wissen immerhin, was sie nicht werden.

Wann leidet eine Gesellschaft unter zu vielen Zwängen? Wenn selbst ein bisschen Spaß sein muss.

Durch Schaden wird man selten klug aber automatisch ärmer. Durch Armut wird man nicht automatisch klüger. Durch Klugheit wird man nicht ärmer, aber automatisch anspruchsvoller.

Talkmaster sind talentierte Weber. Kunstvoll, wie sie in ihren Talkshows aus einem roten Faden ein rotes Tuch weben.

Dankbarkeit und Angst haben immer schon vor ihrem Anlass bestanden.

Das eigentliche Problem der Psychoanalyse ist, dass man sich von manchen Selbsterkenntnissen nie mehr erholt.

Nie war es für junge Muslime günstiger durchzudrehen. Tickets nach Syrien gibt es ab 500,- Euro.

In der Praxis wirkt der Dschungel des Rechts wie das Recht des Dschungels.

Schon mit 10 sollte man anfangen, seinen Standpunkt zu suchen, mit 20 finden, ab 30 wissen, wie man ihn verteidigt und ab 40 auf keinen Fall diagnostizieren.

Für Heinrich Heines Buch der Lieder und einen Beaujolais ist das Leben nicht lang genug, um den Spiegel ganz zu lesen einfach zu kurz.

Um eine kräftige Depression zu erleben, genügt es, sich morgens in die Münchner U-Bahn zu setzen.

Wer Tabus zerstört, ist schlimmstenfalls ein Revolutionär, wer ihren Sinn zerstört bestenfalls ein Anarchist.

❧

"Zeit kostet Geld" sagte ich zu meinen Töchtern. " Warum kann man die sie dann nicht kaufen?" fragten sie.

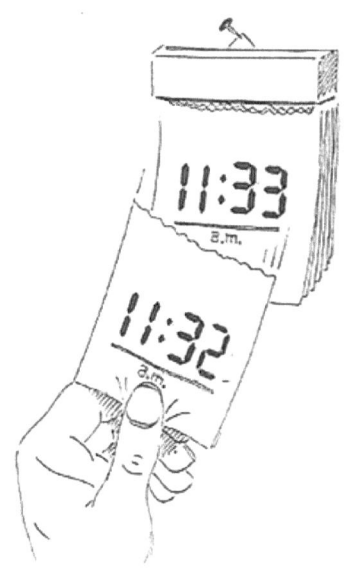

Leben gilt nicht als echte Erfindung -
solange der Erfinder sich nicht meldet.

„Ich denke, also bin ich" ist schlicht nicht
zu Ende gedacht. Denn kaum denke ich
nach, bin ich nicht mehr der gleiche.

Die Dramaturgie der Tagesschau wird
unterschätzt. Umwandlung von Desastern
zu platonischen Schattenspielen verlangt
Theaterkompetenz.

Gegen die Dialoge deutscher TV-Serien
hilft nur ein offizieles Verfallsdatum für
Redewendungen.

Jeder denkt an sich, nur ich denke an mich

Der Mensch der Zukunft ist vermutlich ein Mensch ohne Zukunft.

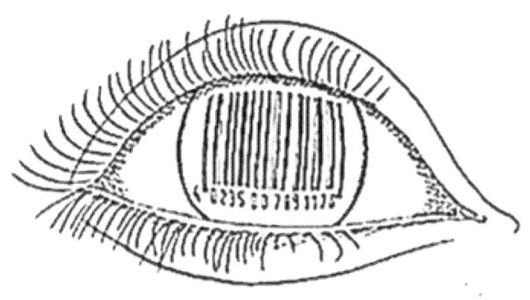

Gute Freunde vermisst man manchmal. Die besten erst, wenn man sie verloren hat.

Im Zirkus des Lebens sind nicht alle Menschen Dompteure.

Erfolg? So: Mit Erfahrungen leicht bremsen und mit Zielen leicht Gas geben. Zu viele Manager stehen auf der Kupplung, zu viele Politiker verwechseln die Pedale.

Die Letzten werden die ersten sein? Routinierte Loser können darüber nur lachen.

Der Wohlfahrtsstaat befindet sich im freien Fall. Lediglich trainierte Bungeespringer bleiben furchtlos.

Regenbögen sind kollektiv vergeudet. Nur wer bereit ist, sich in den Regen zu stellen, sollte einen sehen.

Bierzelte in Bayern stinken, sind laut und vulgär. Aber wo sonst sieht man so viele glückliche Menschen auf ein paar Quadratmetern?

Die Lichtgeschwindigkeit ist bekannt. Warum interessiert sich niemand für die Dunkelgeschwindigkeit?

So, wie manche Säuglinge im Flugzeug brüllen, kann man froh sein, dass sie keinen Colt besitzen.

Verliere Deine Brieftasche–hundert Euro weg. Verliere einen Freund- kaum zu ersetzen. Verliere die Hoffnung–alles weg.

Was passiert eigentlich, wenn man sich zweimal halb zu Tode erschrickt?

Was hindert mich, faustisch meine Seele zu verkaufen? Die Zahlungsmoral des Teufels.

So wie die Zukunft aussieht, sollt man aufhören, sie vorherzusagen und anfangen, sie zu verhindern.

Schöne junge Menschen sind nur schön. Schöne Alte sind Kunst.

Alles kann heute man mit Apps machen. Nur nicht Gefühle ordentlich verwalten.

Trübsinn, Terror und Talkshows werden allmählich zum ungenießbaren Höhepunkt dieses Jahrzehnts.

Wer begeistern kann, braucht nicht zu streiten.

Es gibt herrliche Urlaubsziele und so nahe wie die nächste Vaterschaftsklage.

Sammle Fehler statt Briefmarken. Dann musst Du nicht alle selber machen.

Ob Plato langweilig ist, konnte Nietzsche nie wirklich beurteilen. Ob Nietzsche langweilig ist, hätte Plato nie wirklich interessiert.

Seit ich weiß, dass Niemand perfekt ist, wünsche ich Niemand zu sein.

Ökologisch können wir die Entwicklung der Erde komplett ignorieren. Schlimm, wenn uns ihre Entwicklung nur ein wenig ignoriert.

Viele treten in Dein Leben und wieder hinaus. Trotzdem bleiben nur vereinzelte Fußspuren.

Ratschläge gebe ich gerne her – selber brauche ich sie nicht.

Kluge sprechen über Ideen, Mediokre über Ereignisse, die anderen über Leute.

Zwischen Anspruch und Wirklichkeit klaffen manchmal unüberbrückbare Gräben. Wenn Jakob Augstein wenigstens ein bisschen wie Karl Kraus wäre.

Macht korrumpiert den Charakter, Machtlosigkeit die Seele.

Zeit ist nur dialektisch zu begreifen. So hat Geistesgegenwart zwar Zukunft, aber vergangener Geist kaum Gegenwart.

Religion

Alle wollen wissen, ob es einen Gott gibt. Mich würde interessieren, ob er uns manchmal fotografiert.

Den Teufel gibt es jedenfalls nicht. Er wäre längst auf Facebook.

Radikale Islamisten haben weder etwas für den Westen übrig, noch geht es ihnen darum, wer übrig bleibt.

„Lies!", fordern Salafisten bei der Verteilung des Korans. Sollten sie nicht zuerst das Copyright klären?

Das Problem mit den wirklich Gläubigen:
sie glauben zu wissen.

Alle Religionen haben Feinde. Der ärgste
heißt Vernunft.

Es lebe das Paradies. Und bis es so weit ist:
die Versuchung.

Jedes Paradies hat seine Schlange.

Kunst muss schon aus praktischen
Gründen zur wahren Religion werden:
Theologen könnten sich lange über
Impressionismus streiten. Picasso als Zeus,
Museen als Tempel und die Documenta als
Ursprung immer neuer Mythen.

Die robuste Lebenskraft der Religionen liegt in ihrer Blanko-Vollmacht.

In der Praxis des Dschihad könnte man auf die Hölle gut verzichten.

Eine Vergewaltigung macht noch kein Kalifat.

Juristisch ist die Vertreibung aus dem Paradies nicht zu rechtfertigen. Sippenhaft geht gar nicht.

Hat Jesus Wunder vollbracht? Nur dass er im Vatikan ausflippen würde ist gewiss.

„Religio" bedeutet lateinisch Ehrfurcht.
Wäre es doch nur bei der Ehre geblieben.

Politik

Weltanschauungen sollte man danach
prüfen ob sie zulassen, die Welt auch
"nur mal so" anzuschauen.

Hamas und Hisbollah repräsentieren keine
Ideologie sondern eine Diagnose.

Politische Prominenz unterlag immer
schon qualitativen Schwankungen. Aber
vom Hauptmann von Köpenick bis Jürgen
Todenhöfer ist es doch ein arger
Niveauverlust.

Bernd Luckes Problem: er ist nicht
aphorismustauglich.

Terrorversteher wollen nicht begreifen:
wer die Hand am Sprengstoffgürtel hält,
wird sie niemals irgendjemandem reichen.

Der Einfluss der Werbung auf die Politik
ist unübersehbar. Über rechtsradikale
Gewalttaten wird jedes Mal so lange
diskutiert, bis sie weichgespült sind.

Gorbatschow hätte sich an Berlusconi ein
Beispiel nehmen sollen: *So* privatisiert man
heute einen ganzen Staat!

Juden und Deutschen sei gesagt: Tonnen
an Vergangenheit können die Zukunft
erdrücken.

Die Mediokrität im Bundestag entpuppte sich in den globalen Chaosjahren als grandiose Erfindung.

Angela Merkel kann lediglich in der Gegenwart mitreden. Putin kann sogar die Vergangenheit verändern.

Die Griechen sehen erst eine Zukunft,
wenn sie ihre Vergangenheit endgültig
verschlissen haben.

Neonazis müssen blind und blöd sein.
Sonst würden sie sofort anfangen, sich
gegenseitig zu verprügeln.

Links von der SPD gibt es weder bessere
noch schlechtere Politiker - bestenfalls
jämmerliche Fälschungen.

Entweder ist Jakob Augstein ein Vollidiot
oder wir leben mitten in einer historischen
Sollbruchstelle.

Im Gegensatz zu seinem Mentor Khomeini
wusste Ahmadinedschad nicht mal, was er
anrichtete.

Alle Politiker werden früher oder später
demaskiert. Bei Tsipras wäre früher besser
gewesen.

Politiker suchen sich ihre Ideale in der
Neuzeit. Nur Helmut Kohl sah sich als
Dschingis Khan der Wiedervereinigung.

Das Hauptproblem von Günter Grass war
pathologischer Natur. Er hielt sich für
einen literarischen Terminator.

Manche Länder liegen zwischen zwei
Flüssen, manche zwischen zwei Kriegen,
andere sind nur kompliziert von ihrer
Vergangenheit eingeklemmt.

Schriftsteller fürchten die Leere. Aber
Walser bleibt vom horror vacui seiner
politischen Phantasie unberührt.

Immer wenn in Europa wirtschaftlich die
Lichter ausgehen, kommen die grell
leuchtenden Visionen.

Liebe und Politik sind immer ein
natürlicher Antagonismus. Langfristig
leben aber beide von der Phantasie.

Konservative entspannt euch! Beim langen Marsch durch die Institutionen sind noch nie die Institutionen ermüdet.

Altnazis werden freigesprochen wegen Gedächtnisschwund: Ich vergesse, ich vergaß, ich habe vergast.

Koalitionen sind ein gutes Beispiel für die friedliche Bewältigung politischer Niederlagen.

Das Preußentum hat mit Absicht die Französische Revolution besiegt und aus Versehen den Hellenismus ertränkt.

Die Deutschen bewundert man für das, was sie erreicht haben, die Israelis für das Wie.

Politische Triebverbrecher missbrauchen selbst die Ekstase, wie Faschismus und IS zeigen.

Parteiprogramme lesen sich politisch unschädlich, literarisch wirken sie toxisch.

Antisemitismus war nie ganz tot. Und wenn: Seit wann schreckt das Regime in Teheran vor Leichenschändungen zurück?

Möllemann war das beste Argument für die Verkleinerung des Bundestages.

Am Ende der Diktatur stehen immer große Demokraten. Am Anfang der Demokratie die kleinen Diktatoren.

Amerikaner und Europäer werden sich immer ähnlicher. Aber immer bleiben die Amerikaner wirtschaftlich erfolgreicher und die Europäer historisch trainierter.

Nur wirklich souveräne Terroristen lassen ihre Opfer auch mal leben.

In Amerika zu leben ist nichts für Faule. In Deutschland zu leben ist nichts für Chaoten. In Israel zu leben ist nichts für Anfänger. Der Reiz, im Iran zu leben ist noch nicht entdeckt.

In der Schweiz gilt Xenophobie nicht als Fremdwort.

Korruption müsste in geordnete Bahnen gelenkt werden. Ein Anreiz wäre das Nebenverdienstkreuz.

Ohne die Korruption wäre Ägypten nichts als ein heruntergekommener Rest seiner Vergangenheit.

Israelis und Palästinenser sind gebeugt. Die einen über Bewässerungsanlagen, die anderen über ihre Sprengstoffgürtel.

Man sollte den Staat im Dorf lassen, nicht die Kirche im Staat.

Mit Waterloo haben die Franzosen die Chance auf ein Weltreich verloren, die Sieger ihre Chance auf ein wenig Grandezza.

Wer Ströbele in einer Talkshow gesehen hat, bekommt eine Vorstellung vom Elend der Inquisition

Würde Hitler Urlaub von der Hölle bekommen – er kehrte schnell wieder zurück. Deutschland liberal und demokratisch, Italien friedlich, Israel gut gerüstet und lediglich Kim Jong Un, Chamenei und der IS potenzielle Partner.

Neonazis im Zeitalter von Facebook-Postings? Die meisten sind so hässlich wie ihre Ideologie.

Selten sind Politiker im Nebenberuf klug und im Hauptberuf Politiker. Putin ist im Hauptberuf Putin, vom Nebenberuf ganz zu schweigen.

Demokratien sind noch lange nicht am Ende, wenn vor der Wahl die Geschenke ausbleiben.

Was wundert man sich in Deutschland über den Brain Drain, wenn selbst die Zeit vertrieben wird

Weltpolitisch würde sich viel verbessern, wenn Konferenzen in den richtigen Städten standfinden. Friedensverhandlungen gehören nach Venedig!

Keine andere Inszenierung könnte sich so viele Wiederholungen leisten wie die Geschichte.

Wer heute mit einer Hasspredigt ins Gefängnis will, wird überrascht sein, wie schnell er in einer Talkshow landet.

Unter allen Fundamentalisten ist Jakob Augstein mein politisches Lieblingsstinktier.

Hamas und Süddeutsche Zeitung ergänzen sich symbiotisch. Die einen feuern Breitseiten an Raketen, die anderen Druckseiten an Verständnis.

Als Minister floppte Yannis Varoufakis,
als Joschka-Fischer-Imitator performte er
einigermaßen.

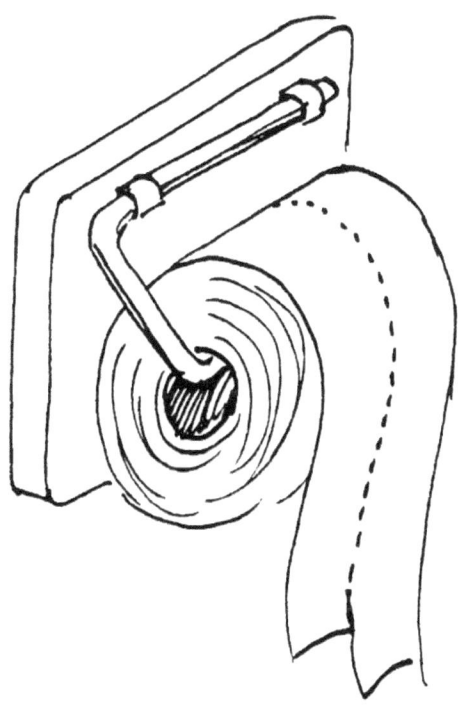

Business

Erstklassige Manager suchen sich erstklasse
Leute. Zweitklassige suchen sich drittklassige.

Die beste Strategie gegen einen intriganten
Heckenschützen: nimm ihm das Gebüsch.

In Krisen beschäftigen sich die Reichen
mit der Entwicklung kluger Strategien, die
Mittelschicht mit der Bewältigung
unkluger Ängste und die Verlierer mit den
dummen Folgen.

Gute Mitarbeiter werden so genannt. Sehr
gute sind es.

Um zu arbeiten brauchten Europäer in den 60ern Lust, in den 70ern Zeit, in den 80ern Qualifikation und in den 90ern Nerven. Seit 2010 sind sie ohne Psychiater chancenlos.

Das älteste Gewerbe war für Eva zwar nicht tabu, aber ohne Markt.

Deutschland ist politisch und wirtschaftlich erfolgreich. Kein Wettbewerber kommt gegen diese rücksichtslose Sachlichkeit an.

Die Wirtschaftskrise trifft auch Yuppies. Bald können sie sich keine Lebenskrise mehr leisten.

Liberale Manager versagen unter
Umständen, diktatorische unter sich selbst.

Es gibt kein Chancendefizit für talentierte
Mitarbeiter, sondern umgekehrt.

Für Manager birgt die gestiegene
Lebenserwartung eine fatale Konsequenz:
Je stressiger sie leben, desto länger werden
sie es bereuen.

Klagen über Wirtschaftskrisen sind heute
viel zu schrill. Noch geht es den Meisten
zu gut um nuancierte Zwischentöne zu
produzieren.

Amore

Einerseits müssen Raubkatzen geschützt werden, andererseits sehen Frauen im Pelzmantel einfach fabelhaft aus.

Eine lange, leidenschaftliche Beziehung bringt die Partner langsam um. Warum dann immer diese Eile?

Ultras im Vatikan, entspannt euch. Die meisten wilden Ehen sind nur halb so wild.

Liebe ohne Verstand ist ein Abenteuer. Ohne Liebe wird der Verstand zum Abenteurer.

Wenn ein Mann in Gegenwart einer Frau mit Sexappeal nicht mehr daran denkt, was er tut, will er tun woran er denkt

Sex ist der einzige Stress, der entspannt.

Feministinnen sollten Soldaten heiraten. Die können gehorchen.

Was kompensiert eine Trennung besser als ein paar verlorene Kartenspiele und ein paar gewonnene Drinks?

Liebe ist kein diffuses Gefühl. Zumindest präziser als andere Nostalgien.

Glücklich kann nur sein, wer wirklich entspannt ist. Verliebt zu sein ist bestenfalls motivierend.

Männer wissen nicht mehr, was sie sein sollen, und wenn sie es wüssten, wären sie sofort ratlos.

Ein gutes Restaurant, ein verregnetes Wochenende und der Film Django Unchained schaffen zwischen Verliebten eine präzisere Beziehung.

Um die Scheidungsrate zu senken, müssen Frauen viel über Männer lernen, was sie immer schon ahnten und Männer müssen endgültig vergessen, was sie noch nie wirklich über Frauen wussten.

Nur Verliebte erleben Momente, in denen sie alles wissen und nichts verraten.

Treueschwüre haben immer einen Stich von Fanatismus.

Beziehungen beginnen, verlaufen und enden heute viel schneller - und bleiben doch nur ein hektischer Stillstand.

Moderne one-night-stands schließen endlich die Lücke zwischen Instant-Liebe und Abenteuerurlaub.

Auch gescheiterte Eltern mit Kindern behalten einen Rest von Erfinderstolz.

Vertrauen ist der Anfang jeder großen Liebe. Misstrauen nur das jämmerliche Ende.

Nach ihrem Eintritt ist die Fähigkeit zu lieben für viele Jahre irreversibel.

Fernsehen schafft Fernehen.

Beziehungen soll man nicht künstlich verlängern. Rechtzeitig vertiefen schon.

Wer als Verliebter die Frage ignoriert: „Wer ist sie?" erhält als Geschiedener die Antwort auf „Wozu ist sie fähig?"

Die Beziehung zu einer wirklich schönen Frau dauert nur unwesentlich länger, als ihre Geduld reicht.

Dass Liebe unberechenbar ist halte ich für eine der nützlichsten Kulturtheorien.

Liebesschwüre *unter* der Decke sind wie ein Wechsel auf eine emotionale Zukunft *ohne* Deckung.

Die meisten Ehen werden ihren 10. Jahrestag nicht erleben. Die meisten, die ihn erleben, werden ihn bereuen.

Alle leiden an Zukunftsängsten. Frauen, bis sie verheiratet sind, Männer danach.

Für manche Frauen könnte man sterben.
Mit anderen muss man leben.

Wenn ich sehe, wer wen heiratet, frage ich
mich, ob Voodoo nicht doch mehr ist als
eine Einbildung.

Beim Sex stöhnt nicht die Moral.

International erstaunt ein Konsens: Überall
wird die Mischung aus Macht, Angst und
zärtlicher Aggression Liebe genannt.

Sozialkybernetisch betrachtet gleicht die
Entwicklung einer Ehe der Zärtlichkeit
zweier Schleifsteine.

Oft kommt die Liebe laut und plötzlich.
Meistens schleicht sie sich leise davon.

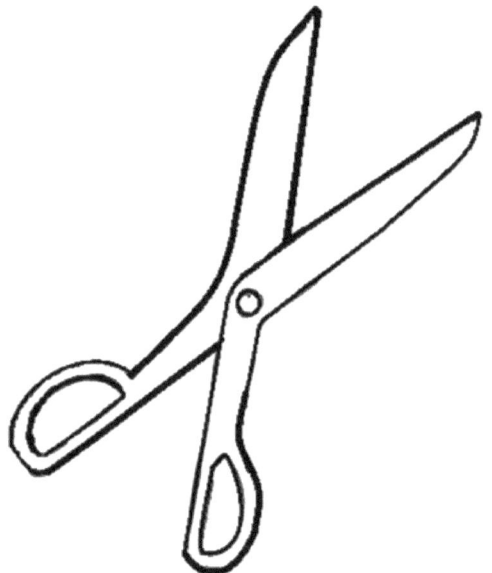

Irgendwann werden Erfolge inflationär. Ob man im Urlaub 4 oder 5 Affären hatte spielt bei den Kumpels keine Rolle mehr.

Sich zu trennen weil man jemand anderen liebt, ist so gut wie im eigenen Bett zu sterben: schlafend, friedlich, ohne Schmerzen, ohne Angst.

Die meisten Dialoge nach dem Sex sind sprachlich so wertlos, dass man besser schweigen oder weitermachen sollte.

Korrckte Definitionen von Liebe müsste man eigentlich als biographische Warnungen verstehen.

Sex hat es immer gegeben. Aber erst in unserer Zeit besteht er aus drei Buchstaben.

Auf gute Beziehungen gibt es keinen Patentschutz. So erklären sich die vielen schlechten Kopien.

Liebe befriedigt ein Bedürfnis, Ehe verwirklicht eine Befriedigung.

Bei der Scheidung sind Männer anfangs zu nichts fähig, Frauen zu allem.

Geheimnisse kann man nicht erklären - deshalb muss man Liebe demonstrieren.

In der Ehe greifen viele Paare auf alte
Gefühle zurück. Kluge Paare greifen in
aktuelle Gefühle ein.

Schöne Frauen sind für Männer nicht
unangenehm. Gütige sind sinnvoller.

Liebe war mal ein Labyrinth der Gefühle.
Heute ein Labyrinth mit vielen Ausgängen.

Mit 16 verliebt zu sein ist sicher keine
Zeitverschwendung - eher
Nervenverschwendung auf Zeit.

Im Leben eines Machos ist eine Frau nur
anfangs tagsüber an seiner Seite, später
auch tagsüber unter ihm.

Verbrecher und Ehebrecher zieht es an den Ort ihrer Tat zurück. Beim Ehebrecher mit wechselnden Opfern.

Im Gegensatz zu anderen Kriegen kann man in der Ehe den Gegner zu Tode kapitulieren.

Frauen brauchen viel Verständnis für Ihren Mann – und etwas Liebe. Männer sollten Ihre Frau lieben aber nicht versuchen, sie zu verstehen.

Nach der Hochzeit darf ein Mann seine Fehler vergessen. Welchen Sinn macht es, wenn beide sich ständig an das Gleiche erinnern?

Zwischen geliebt werden und verlassen werden gibt es so gut wie gar keine bedeutenden Gefühle.

Wenn man zum zweiten Mal heiratet, dann nicht zur gleichen Uhrzeit und nicht im gleichen Standesamt - wenn schon die Ergebnisse gleich sein werden

Frauen erwarten von Männern, dass sie sich ändern. Männer erwarten von Frauen das Gegenteil. In beiden Fällen vergeblich

Es kann Jahre dauern, den richtigen Partner zu finden und eine wilde Party, um ihn wieder zu verlieren.

Sprichwörter

bieten Erleuchtung. Seit Jahrhunderten, ohne neuronalen Aufwand, mit und ohne Reim. Früher auf einem Kalenderblatt, heute im Bundestag. Im empirischen Gegencheck floppen die meisten. Zum Beispiel ist man *nie* so alt, wie man sich fühlt. Oder:

Die Zeit heilt alle Wunden.
Für das Alter ist sie eine wahre Pest.

Man muss über den eigenen Schatten springen.
Ohne zu sehen, wo man landet?

Alle Wege führen nach Rom
Aber die schnellen nur mit Maut.

Erfahrung macht klug.
Erfahrung macht misstrauisch. Wer hat
das nur mit Klugheit verwechselt?

Der Klügere gibt nach.
Meistens ist es doch der Schwächere. Und:
Nachgeben beruhigt nicht mal die Nerven.

Liebe deinen Nächsten wie dich selbst.
Und riskiere dass sie merken, wie Du
wirklich bist.

**Wer den Pfennig nicht ehrt, ist des
Talers nicht wert.**
Aktualisiert: Wer den Euro nicht ehrt, ist
die Troika nicht wert.

Jeder bekommt, was er verdient.
Ist durch den Mindestlohn überholt.

Aus den Augen aus dem Sinn
wurde durch Skype widerlegt.

Wer zuletzt lacht, lacht am besten
Wer zuletzt lacht, hat nicht eher begriffen oder will auf der sicheren Seite sein.

Nachwort

„Es kann wirklich sein, dass Männer weniger couragiert sind, als gemeinhin angenommen wird. Vielleicht liegt es daran, dass kaum ein Mann sein Selbstbewusstsein aus dem Sexappeal seiner Knie gewinnt. "

Dieser Aphorismus aus meinem früheren Buch löste Widerspruch aus. Zustimmung kam dagegen für

„Zwischen Woody Allen und Heino gibt es einen bemerkenswerten Unterschied: Für Menschen mit Verstand ist Heino tragisch, für Menschen mit Gefühl ist Woody Allen komisch. "

Jeder, wirklich jeder Kommentar zu den Überflieger-Aphorismen wird beantwortet.
LScomlablit@gmail.com

Zeitfracht Medien GmbH
Ferdinand-Jühlke-Straße 7
99095 Erfurt, Deutschland
produktsicherheit@kolibri360.de